U0029152

瘋狂邦妮漫畫劇場

FOUFOU COMICS

洪佳祺
Foufou Gia / 繪

用可愛的方式，笑說不可愛的事

WELCOME TO MY FOUFOU WORLD!

咦?

是不是看過這隻尖牙兔崽子?
似曾相似、有點叫不出名字?
有朋友是超級粉絲?
還是也買過這隻可愛兔子的商品!

關於台灣原創角色Foufou Bunny與
其好朋友們的漫畫故事集結

CONTENTS
目次

瘋狂邦妮

With Friends

FOUFOU FAMILY

Tigo

Freaky Rae

Foufou Bunny

Caw Caw

Babe Bunny

Lily

Born to be Foufou,
Born to be with you!

Sissy Bear

Beer Cat

Tom

Dakkie

Bonbon Sheep

O'Hey

Skaty

關於Foufou
(or Foufou Family)

Foufou意指瘋癲胡鬧，是強硬盾牌也是矛，
拿來面對人生剛剛好。

人生一點都不開心也不輕鬆 ，
可以假裝一切會很美好或怨天尤人裹足不前，
躺進棺材前的每日每天，還是得睜開雙眼、
持續呼吸、慢慢喝水。

那就攤開說白吧。

用獨特可愛的方式，自娛那些不可愛的事，

提醒自己永遠保持著柔軟與幽默，持續面對

無比真實，總是糟糕也有點可愛的自己。

Foufou Bunny與故事中的每一個角色，

他們偶爾存在宇宙間、掉進童話世界，也在每一個日常

細瑣生活裡，不間斷地討論著世界、討論愛，大笑大哭

大鬧、會愛戀心碎與煩惱，有慾望也有失望，偶爾只想

說點垃圾話，其實就是每一個真實存在的你與我。

I REALLY MAKE MY DAY!

Enjoy our Foufou World!!

CHARACTER INTRO
角色介紹

瘋狂邦妮
Foufou Bunny

邦妮笑起來嘴巴咧得跟全世界一樣開,創造歡樂與開心無人能及。
有討人喜歡的小聰明與幽默,總是瘋癲與胡鬧,笑看生活與世界。

喜歡的食物:生魚片
性格:瘋癲爆走、熱血、古靈精怪
興趣:帶頭破壞與搗蛋
討厭:無聊與規矩、看牙醫

兔寶
Babe Bunny

天真善良的小兔寶,是班上最乖巧可愛的好學生,人見人愛。
偶爾撒嬌也有時愛哭,希望自己可以趕快長大變成獨立堅強的大人。

喜歡的食物:炸雞、薯條、洋芋片
性格:單純、可愛、少女心、善良呆
興趣:整理筆記與書包
討厭:壞心眼的人

蹦蹦羊
Bonbon Sheep

蹦蹦羊是由棉花糖與甜甜圈組成的羊，全身都可以食用！身體軟綿綿、心腸軟綿綿，對人生的一切看法也軟綿綿的。

每天早上天一亮就起床，期待可以度過開心的一天，這樣就可以一整天都吃到自己甜甜的耳朵了！

喜歡的食物：自己
性格：樂天、呆傻、快樂過日子
興趣：滑手機
討厭：夏天（因為身體會融化）

point：全身是由甜甜圈與棉花糖構成。bon bon 在法文意指甜點。

阿瓜呱腦袋瓜大概一顆彈珠大，腦容量每天只能重複一句話：
「肚子餓了肚子餓了肚子餓了…」
「冬天來了冬天來了…」
「呱！呱一呱呱一呱呱一一呱呱呱呱一。」

喜歡的食物：微生物
性格：無
興趣：唱歌

阿瓜呱
Agua

泰哥
Tigo

是史考特的街頭好夥伴，夢想成為畫家。
無親無故自理生活，發揮的舞台就是街上的每一片塗鴉～

喜歡的食物：漢堡
性格：安靜溫和
興趣：塗鴉
討厭：打架打輸

達奇鴨
Daakie

從小就是一隻瘦小矮冬瓜，個頭太小，大家都看不到他，每天緊張兮兮、咚咚咚地跟在別人腳邊，怕跟不上大家，體育課只能當計分的小幫手，達奇鴨有時候感覺寂寞，隨身帶著一朵玫瑰花是他的幸運許願符。

喜歡的食物：麵條
性格：膽小、善良
興趣：跟著大家做任何事
討厭：大家忘記他
point：隨身攜帶一個小紅包裡面裝著玫瑰花

阿雷
Freaky Rae

阿雷脾氣很硬難討好，心情不好的時候不勉強自己笑，不想說話時一字都不說。
在乎自己比在乎其他事更重要，不用被很多人喜歡沒關係，自己喜歡自己就夠了。

喜歡的食物：沒有
性格：獨立孤僻、面惡心善、憤世嫉俗
興趣：觀察路人
討厭：這個世界

史考特
Skaty

史考特是隻街頭小霸王狗，遊手好閒生活快樂地不得了。
總是一派輕鬆吹著口哨滑板晃過每一個街頭。

喜歡食物：炸魚薯條與口香糖
性格：自由自在做自己
興趣：滑板
討厭：政治

莉栗鼠
Lily

莉栗鼠每天出門都會帶把小紅傘，晴天陰天暴雨天，只要撐起小紅傘，就能擋住所有事情。住在神秘的小樹洞裡，可以看見全世界正在發生的事、或聽到別人的秘密，莉栗鼠把每個人的秘密都守得很好，就像抗紫外線100%的傘一樣保護好。

喜歡的食物：栗子
性格：未雨綢繆、謹慎
興趣：看電視

娘娘熊
SissyBear

多愁善感纖細的娘娘熊，哲學地理財經食譜都有興趣，
喜歡跟兔寶膩在一起想東想西，聊天吃甜點。

喜歡的食物：蘋果牛奶
性格：小文青、多愁善感、敏感憂鬱
興趣：看書

老黑
O'hey

老黑總是安靜不多話，每天努力工作養家。像他喜歡的山跟樹一樣，白天黑夜都安份的待著，千篇一律，做著自己的事。

「我的辛苦如果可以讓別人感到幸福，這應該也稱得上是個獨一無二的存在吧。」 老黑總是這麼說。

喜歡的食物：不要再吃便當就好
性格：腳踏實地、吃苦耐勞
職業：水電工木工各式修繕
point：是個單身父親，其中故事是個謎

PART 1

關於夢想
與現實

DREAM AI

DREAM AI

閉眼就浮現
張眼就看見

D REALITY
D REALITY

Moldy Dream

老黑，你不想吃你的草莓蛋糕嗎？

當然要啊！
我一直夢想著可以吃一次草莓蛋糕…

那你幹嘛不趕緊吃？
我有點害怕，萬一他沒有想像中好吃？

而且要怎麼吃才是最完美的吃法呢？
需要再冰一點嗎？我要好好想想…

（兩天後…）
欸，你的夢想發霉了耶。這下你一輩子都不會知道它到底是什麼味道了。

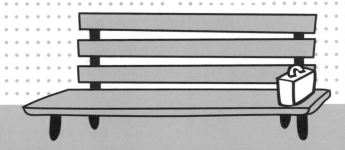

媽媽總是說：「『人生有如一盒巧克力，你永遠不知道將嚐到哪種口味。』」

※ 電影《阿甘正傳》名言

讓我來嚐嚐我的人生…

呃…椰子。嗯…

花生。我恨花生。

有酒味！不！不！

我買到一盒好難吃的巧克力…我的人生是場糟糕的悲劇！！！

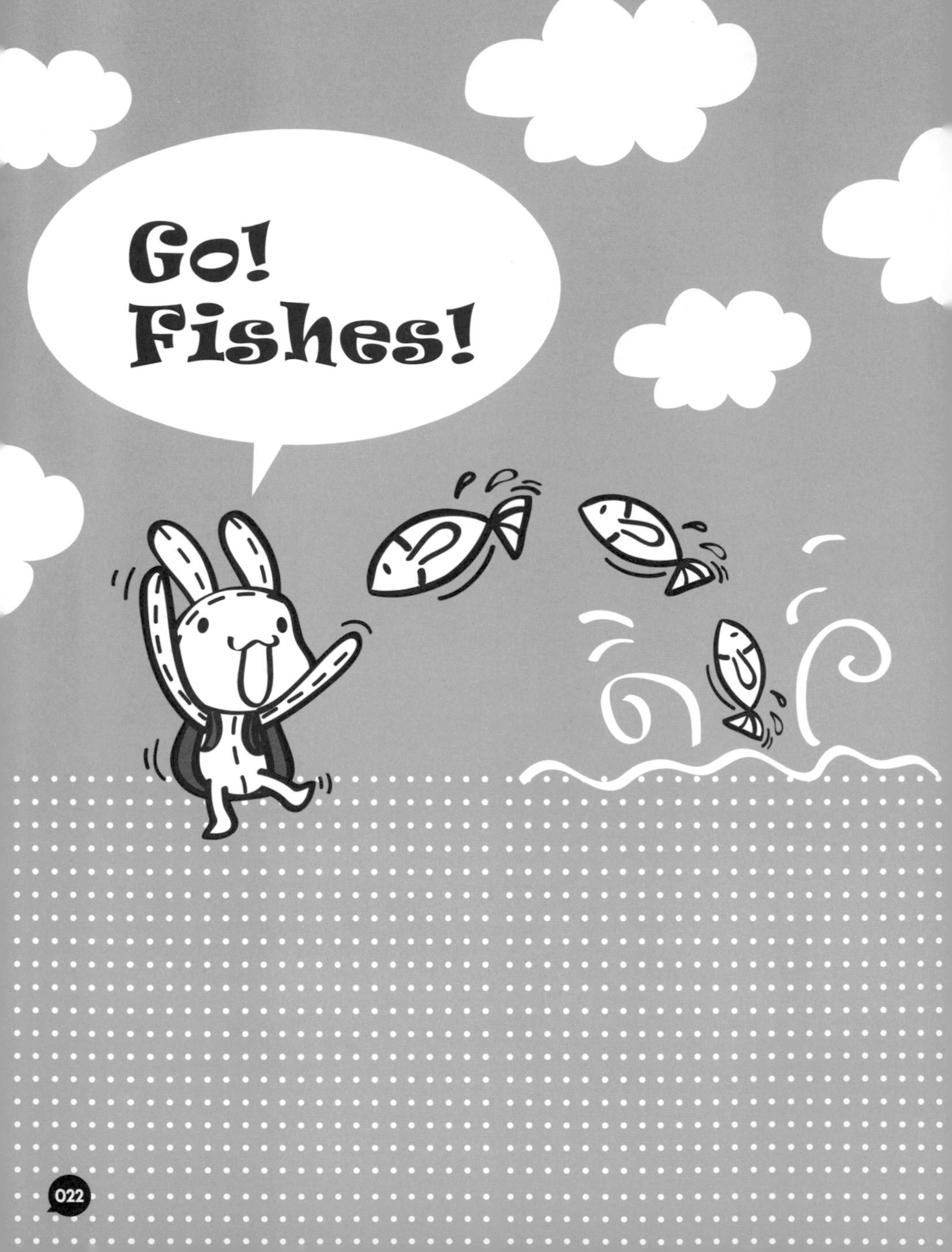
Go! Fishes!

喔！這些魚兒正在
逆流而上耶！

他們正在為了生活而努力著…

加油！你們辦得到的！

耶！幹得好！
不要再回來囉！過更好的生活

真感動…
我也應該要像他們一樣努力向上…

回家了！
吃飯囉！

不！你們這些禽獸！

What A Great Day

週末跟朋友一起曬太陽瞎混
真是最快樂的時光

我們等下去看場電影吧。

或是喝杯咖啡。　　逛街。　　散步。

……　　　……　　　……

真是個完美的一天……

Long Nose

咦？小朋友你怎麼在哭呢？

我剛不乖說了一個謊，
所以鼻子變長了…

噢，沒關係的孩子，別傷心…

看，你只是長得越來越像大人而已啊。

Treasure Seeker

完成！寶藏探索器！

它可以感應各種金屬發射電波！

看！地上那一定是個金幣！

只是個蠢瓶蓋……

six
hours
later
....

六小時後……

天呀！這個地洞周圍的電波如此強烈！

我要發大財啦！哈哈哈！

媽！！電視壞了！

031

哈哈菇！哈哈菇！新鮮的菇！稀有的菇！

什麼是哈哈菇？

它會讓你開心地哈哈噢！試試！
什麼是快樂？老師沒有教我。

哈哈哈哈！人生真有趣！
我愛我的人生！哈哈哈！

現在你知道快樂是什麼了吧…

費用是咬一口一千塊。

快樂是很貴的喔，孩子。

FLY

蠅寶寶，吃飯囉！

......

媽媽，為什麼我們每天都要吃大便啊？

不是跟你說過吃飯時不要講這些嗎？

SHOOTING STAR

有流星耶！聽人類說要許願！

好！

……　　　……

你會不會覺得人類看著一顆瞬間燃燒
墜下的石頭，然後期待願望會實現的這
個行為……

蠻可憐的齁…　　　　　對呀，真可憐…

My
Sadness

你們覺得，什麼是藝術呢？

藝術…就是很嚴肅的創作…

藝術是…可以讓人感受
其中情感與美感的創作！

藝術是…對世界有不同
議題的深入探討

…　　…　　…

嗯…就算想辦法定義藝術是什麼…還是無法讓我理解這幅畫啊…

Hot Latte

Babe Bunny

♥ 500 likes

💬 Bonbon Sheep Cute!!!!!
Foufou Bunny It's 3D!!!!!Cool!!!

您的熱拿鐵。　　哇！是立體拉花耶！

超可愛的！我要拍照！上傳打卡！

等一下…還要這個角度…光線喬一下…　　你們可以快一點嗎？我在裡面很燙耶…

Dreamcatcher

捕夢網：可以幫你把惡夢抓住的避邪用品

嗯……

誰拿走放在這裡的一疊要到期的帳單？

我幫你收到一個很棒的網子裡了，
趕快去睡吧。

DROP

FOUFOU FALL

TOWER

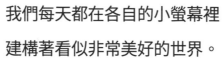

我們每天都在各自的小螢幕裡
建構著看似非常美好的世界。

The Libra

You may think there are many things

can be measured by heart,

but sorry

it may not be the same as you think.

你以為

這個世間很多道理

是用心的重量來 衡量 的，

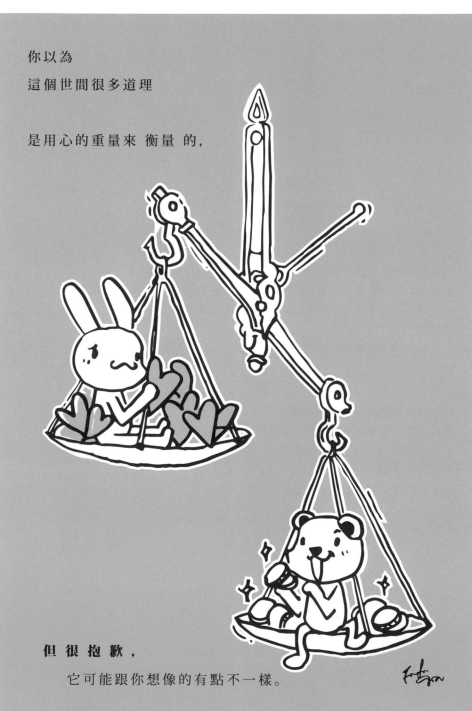

但 很 抱歉，

它可能跟你想像的有點不一樣。

雜記之一　關於夢想與現實 -
閉眼就浮現　張眼就看見

篇章從夢想與現實講起。

是每個訪問、面談、報導，甚至朋友的對話，都會出現的疑問與好奇。

到底是怎麼開始追求創作（或是品牌）這個夢想？

從沒計劃成為一個熱血追夢、實踐人生道理的實業家，

夢想到底是什麼，至今還是無法清楚說明。

只因為開始了這隻兔崽說故事的旅程以後，一張兩頁到五十頁、一百頁。

單純想畫、想話後，就這麼正面迎擊了買與賣。

不小心創業了、為了填肚就販售吧，持續活著努力生產了一年又一年，

把心情與感受用拙劣的方式全部吐了出來。

每天都還是會問著自己：

「到底在做什麼呢？想做什麼呢？」

但只能清楚知道，夢想與現實，都是，當真要一發就無法收拾的事情。

PART 2

關於愛

ALL ABOU
ALL ABOU

還是要相信愛情啊
混蛋們

LOVE
LOVE

你是個小偷！你偷走了我的心！

......

我不小心偷到了一個爛東西…還你。

現在你傷了我的心。

YOU

LOVE

 ME

讓我解釋為什麼我不想跟你約會！
這個是你…

而這個是我…

看！我們之間沒有任何交集範圍。

懂了嗎？我們是沒有未來的…

你喜歡電影嗎？

不。

Prince Charming

我的白馬王子一定很快就會來解救我的。

噢！有動靜了！來了來了！

喔！爬得好快喔！
一定是個熱愛我的強壯王子。

臭猴子！我恨你！你走開…

A BOOK
ABOUT HEAVEN

PLAY BOV

叔叔，你在看什麼書啊？

跟天堂有關的書。

媽媽，叔叔說有隻兔子神
掌管天堂，你可以唸給我聽嗎？

從今天開始不要
再跟叔叔說話了，懂嗎？

Long Distance Relationship

親愛的，今天過得如何？有想我嗎？

我無法繼續下去了，我們分手吧！

天啊！你是個渾蛋！
我永遠都不想再見到你！再見！

喔！寶貝！我們真是太幸運了！
那個麻煩鬼自己舉手要當壞人。

SPACE OF HEART

你可不可以開門讓我進去？
我們可以一起玩！

我也很想，可是不行喔！

為什麼？難道你討厭我嗎？

當然不是，只是這個房間已經有人了。

那有什麼關係？我不介意啊。

但是親愛的，有些地方只需要有
一個人就很足夠了

你不愛我……

你又愛我了……

你又不愛我了……

你愛我！！

……

你不……你不……

為什麼我又跟你這傢伙同一組…

你可以不要一直盯著我，注意聽課好嗎？

各位同學，現在倒入溶劑 A…

轟！！！！

你們兩個！什麼東西爆炸了？！

是愛。

Sleeping Beauty

You are
my whole world

面對尖銳硬梆梆

下意識互相發動攻擊與防備

We all need

因為柔軟舒服令人安心
真心與用力擁抱

a soft heart.

Dehumidifier

NOTE

WE WILL：
你我都擁有的、最純粹的 Good 一直都存在那個地方。
永遠記住我們心中的那個好孩子，
WE WILL BE GOOD.

來自 2014 年的簡單生活節主題為「WE WILL.」
參與了好丘的聯名商品製作，與小型展覽。

REMEMBER THE GOOD KIDS IN OUR HEARTS

NOTE

1976 方向感：
「我並不想成為誰的指南針，也許妳該學習相信自己的方向感。」

前方路途因大霧看不太清晰時，其實往前踏進霧裡，就看得到四周風景了。
錯綜複雜的各種道理，勇往直前才會看到出口。
你是我的方向感。同行夥伴或自己，都是那個最值得信任的指南針。

雜記之二　關於愛 -
還是要相信愛情啊　混蛋們

「愛」是篇數最多的一章節
對我來說，愛是最單純也最複雜的一件事情，需要智慧也得擁有勇氣。
像是永遠都需要補考的一題，
每每回首總覺得，一定可以寫得再更好更圓滿點。
愛裡面總是充滿著，
兩千個秘密、七萬個晴朗與雨天。
過去與未來、痛苦與開心，都收下了。

是因為我愛你。

I have a soft heart.

PART 3

關於人生

LIFE IS STR

LIFE IS STR

生而為人
我很困惑

ANGE
ANGE

Life Is Like Cooking

嗨！大家！Foufou 理論的時間
又到了。今天討論的主題是…

人生就像烹飪！
人生就像烹飪！

說到煮菜，我們有的時
候會烤。

有的時候會炸。

有時需要耐心等待。

有時關鍵就在細微的平衡。

Whether you are a good cook or not...

不論你是否是個好廚師…

就算食物相當難吃…自己煮的就得負責吃光光…

嗨！又到了 Foufou 人生分享
時間。今天討論的主題是…

人生就像一場又一場的賭博！
要賭就要博！

不論拿到一手好牌
還是爛牌…

沒補到對的牌一切都是枉然。

出了江湖耍老千不誠實
會被剁手指。

一時沉不住氣可能
就瞬間輸到脫褲。

局外人看來這只是運氣的輸贏，

只有在桌上的人才知道，這是一場堅強心智與心理的對決。

My Candy House

親手打造甜蜜的家
是我的夢想。

長大後我每天
辛勞工作、認真學習…

努力奮鬥一輩子。

終於完成我夢想中的房子！

但某天一對貪吃的兄妹路過，
竟然就這樣把它一口吃光！

我是抓小孩的巫婆？

**這種不勞而獲的小孩難道
不該死嗎？**

Just Say... Cheese!!

為什麼拍照的時候要說「CHEESE」啊？

唸出來時可以讓你看起來笑得比較開心啊。

CHEESE!

喔～ CHEESE 讓本來沒有想笑的人看起來很開心。未來翻照片也早就忘記自己本來沒有這麼開心～

像是任何食物加了起司就會變得好吃，吃完後印象最深是起司的味道，反而有點忘記原本在吃什麼～

相片真是個用來隱瞞真實的好東西…

起司也是…

有一個孩子，他把母親
唯一的乳牛拿去投資
一顆虛華的豆子。

種了豆子，爬到別人家裡⋯

拿了一袋金幣⋯

吃別人的飯，搬了台琴⋯

還綁架人家的老母雞⋯

走的時候把路砍了，
讓和他不同種族的怪物摔死。

由於他賺到好多的錢，又懂得消滅非我族類，在人類的世界被傳頌為：
那個勇敢又聰明的傑克。

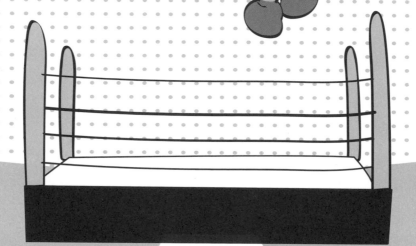

嗨！大家！
Foufou 人生分享時間又來了。
今天討論的主題……

Life's like boxing!!

fight!!!

人生就是一場拳擊賽！
我們要戰鬥！

Reality always throws unexpectedly a right hook punch at you.

WHUD!

現實就是會這樣突如其來
賞你一記右鉤拳。

Sometimes we fight perfectly back.

WHUD

有時候我們可以
帥氣反擊。

But, you can never anticipate getting another left one.

WHUD!

但更多困難的會再
來一記左鉤拳。

WHUD!

WHUD!

Remember the most important thing...

不論如何，要牢牢記住
一個遊戲重點……

No matter how awkward you are.....

the one who is not knocked down will be the final winner.

FIN.

再怎麼悽慘狼狽不堪，只要能繼續站著就是贏家。

The Best Pilot

看！我是全世界最棒的飛行員！

如鳥兒般翱翔天空！

咦！我的引擎怎麼不動了？

我覺得你可能需要再投十塊錢？
我知道。你走開。

LOSE
ONESELF

天啊！真可怕！原來迷失自我是這麼容易發生的一件事情。

Learn from reading

This Island

你覺得這個島嶼會不會突然就沉沒了？

......

你還不懂嗎？

這個島在很多方面早就
沉在世界水平以下了啊。

LIFE IS LIKE YOYO

嗨大家好！今天我要用表演
來證明「人生就像溜溜球一樣」

當然，這需要一個溜溜球，
我真的很擅長玩喔！

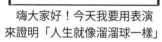

看！輕而易舉！
我能耍各式溜溜球把戲！

也許我是個溜
溜球天才

現在來了！
重大挑戰的時刻！

噢呦！

When a YO-YO starts losing control.....

當溜溜球失控的時候…

You might NEVER get it right again....

Aaugh!

你也許再也不能恢復原來的樣子…

Now you know what LIFE is.
You think that
you know everything is going to be.
IN FACT,
YOU KNOW NOTHING !

Fin.

現在你了解「人生」是什麼了。你覺得自己無所不知，
事實上，你一無所知！！

BEING AWARE

看公園那些無意識的人們多開心多蠢。
他們總是不肯知覺這世界事實上有都糟糕。

我們不去公園裡一起快樂地玩嗎？
我不要，我不加入這種無意識的蟻群們。

所以，他們是無意識的快樂螞蟻們，
你則是有意識的不快樂螞蟻囉？

你不懂「有意識」這件事就讓我感到快樂嗎？
我覺得你的快樂對我來說太難了…

The Gamblers

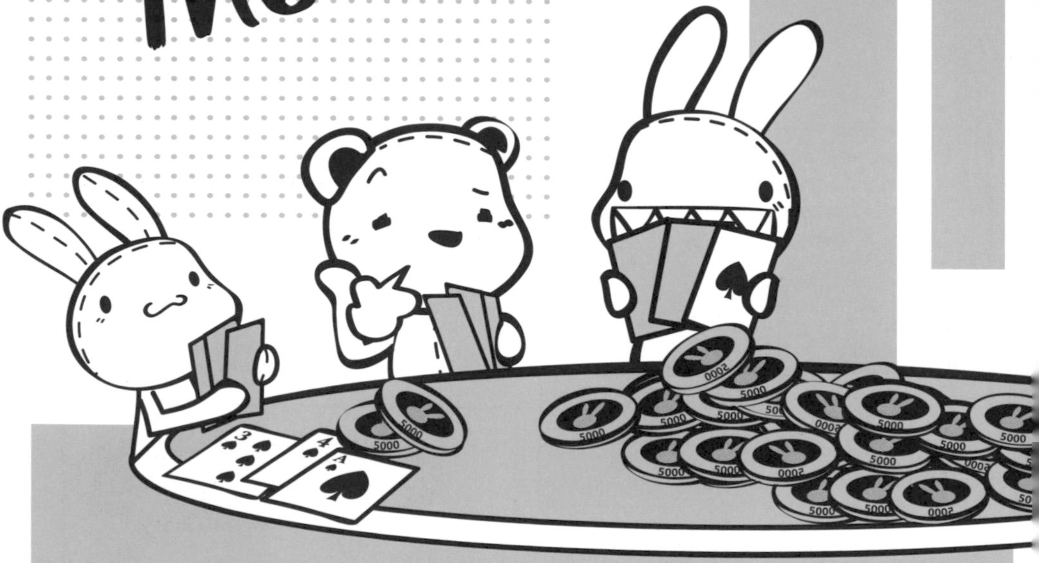

哇～小蝸牛好認真在前進喔！加油！

咦？怎麼走了一天也才這麼一點點…

哎呦！你走快一點啦！我看得都急了！

吼！算了！我幫你好了！

我本來再一天就可以到家了！現在看看你幹的好事！

An Apple
A Day

嘿咻嘿咻！呼～

一天一蘋果，醫生遠離我！

預備備……

警衛……　　　　　　　　　　走開！！我不想再看到你！！！

※ 精神病院由此去危險！裡面有瘋子！

哲學書上說，眼見為憑是沒有道理的。

你根本看不到自己的眼睛，
卻要相信它所看到的東西？

所以你現在的意思是說，
我看到的炸雞可能不是雞囉？

笨蛋，你沒看到外包裝都標明了
合成物，它真的不是雞啊。

可是你剛才不是說不能相信眼
睛看到的東西？

……

天呀。「相信」這件事情真的好沒根據喔…

PEEP
AT
OTHER'S
LIFE

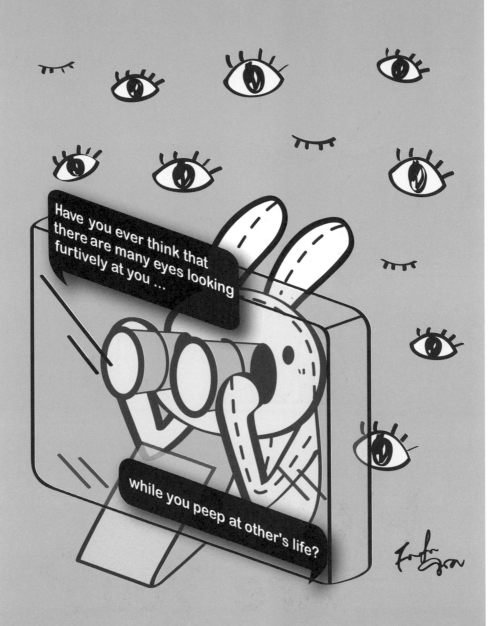

當我們得意地偷窺別人生活時，可能有更多隻眼睛也偷偷盯著自己…

How Are You?

Chaos
always comes WITHIN.

所有的混亂　都是來自於自己的內心

- 每天都努力把心情理好 毛躁的線頭剪掉 -

雜記之三　關於人生 -
生而為人　我很困惑

求學期間唸的是哲學。哲學是這樣，一切發問的起源。

世界怎麼產生的？經濟怎麼運作？人與動物有什麼不同？

人是什麼？我是什麼？

人類在建構一門學問的知識足夠了，就會獨立出來成為專業理性的學問，有了心理學、生物學、天文學、經濟學、政治學……

唯一一個課題，從蘇格拉底一直到至今幾千年，都還是沒有正確與說服世界的好解答，每個人腦中持續在問著：那人到底是什麼？人在世界上是什麼？

真的很抱歉我們這輩子剛好都投胎為人了。

人生真的很痛很苦啊，最痛最苦但也最該珍惜的是，

只有生而為人，才會一直對自己提出發問。

PART 4

關於世界

WHAT A W

WHAT A W

所有的意志
與表象之間

IRD WORLD
IRD WORLD

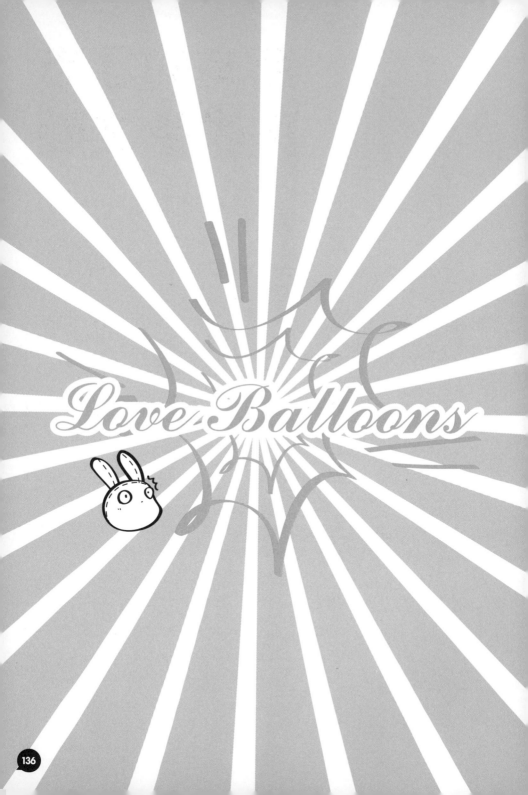

Love Balloons

祝你有開心的一天。

碰！

我現在沒那個心情，
誰需要愚蠢的愛心。

沒關係的…
我們都有心情不好的
時候。

也許一顆更大的氣球以及溫暖的擁抱，會讓你感覺好一點。

HIGH & LOW

這世界怎麼這樣！
你在上面我卻在爛泥！

為了公平起見，
你現在就下來跟我一起吧！

為什麼是我下去，而不是你上來呢？

因為你下來只要稍稍一跳……

我上去卻要花費很多時間和力氣。

我想你永遠不會懂自己為什麼
會一直待在爛泥裡…

OYAKODON

老闆，我要親子丼！　味噌湯！

什麼是親子丼啊？
名字看不出裡面有什麼……

…………

好悲傷的畫面…我不能再看下去了。

媽媽…
孩子別怕，媽媽會陪你到最後的。

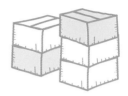

我弄丟了我的心，想找回來。
※ 失物中心

來！這是所有的心，你找找看吧！

怎麼都是又黑又臭的心？
我曾經有的是一顆好心。

一個會把自己的心弄丟的人，
說自己有一顆好心耶，哼～

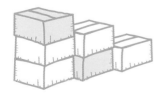

哈囉！我叫皮皮豹，你呢？你好嗎？

你要跟我當朋友嗎？來玩嗎？

人家問你問題都不回答，很沒禮貌耶！

嘿！別騷擾這位女士！
你看不出來她沒嘴巴嗎？

你這個悲慘又沒用的老蠢蛋！

我要上去看看天地有多精彩！

美麗的世界正在等我去探索！
你就一輩子老死在這裡吧！

X 的，這世界就這樣也太爛了吧！！
就跟你說沒什麼好看的啊…

Let's Share One.

我們一起分一碗吧。

咻!

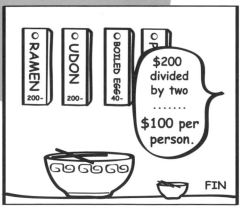

除以二,一人一百。

姐我們來玩！
我恨過年！年前加不完的班！

爸，我們來玩？
我恨過年！花不完的錢！

媽，我們來玩…
我恨過年！煮不完的菜

我不懂大人為何一到過年都好焦慮？
對啊，不是準備一件事就好了？

※ 紅包蒐集箱

153

（媽媽媽媽，我餓我餓我餓！）

（媽媽，我餓我餓我餓！）
咦？永遠都不夠嗎？

（媽媽，我餓我餓我餓！）
我不懂…我真的盡力了…

（媽媽媽媽，我餓我餓我餓！）
告訴我你需要什麼？

OK…我懂了。

（媽媽媽媽，我餓我餓我餓！）

老板，兩碗拉麵！

可惡！我的麵裡有蟲！我要換一碗！

咻！

我不知道你是這麼噁心的一個人。
對不起，我總是忍不住....

I See . . .

看見風…

看見陽光…

看見…轟！

可惡！有隻笨兔子毀了我的藝術創作！

Santa Claus

Santa Claus is a hard job. Everything need to be planned accurately.

聖誕老人是一個需要精密規劃的辛苦職業。

It has to finish the gift purchase in the first half of the year,

要在上半年度完成禮物的採買……

Collect and arrange the wish lists in 3 months,

花三個月蒐集願望與整理清單……

Assort and mark all the gifts in another 3 months,

再花三個月幫所有禮物分類標記……

In order to complete the work perfectly on this day.

都是為了這一天可以完美地完成工作……

However it's more and more difficult in recent years.

Merry Christmas!!

但近年來採買工作越來越困難……

NO!!!!

You outdated old! I want iPhone 11!

你這過時的老頭！我要的是 iPhone 11！

New
Year
Kiss

5！

（計劃已久跨年倒數站在他旁邊）

4！

3！

（什麼臭蚊子走開啦）

2！

（不要妨礙我的卡位）

1！

（咦？）

新年快樂！

好香噢！　你跨年宵夜煮什麼？　　　　　　青蛙湯。

GUESS THE THING

〈洗腦〉

〈控制〉

〈代替你發言〉
孩子們，猜一種東西。

一個大壞蛋！　　　　政府？

雜記之四　關於世界 -
所有的意志與表象之間

世界就像是一個巨大機器，或是那個老大哥，
不斷地運作前進、操控甚至碾壓邊緣著我們每一個人。
不喜歡的就起身對抗，當還有口氣的時候。

看書，不要只看臉書。

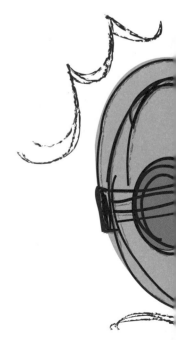

PART 5

關於自己

ME, MYSE

ME, MYSE

HELLO!
WHO ARE YOU?

F AND I
F AND I

FASHION MAGAZINE

Sep. 2020

SISSY BEAR

BEAUTY
NEWS

Foufou
Makeup

FOGUE

10 BEST LOOKS
AUTUMN TREND ISSUE

50 BAGS
we absolutely love

你在看什麼？　　時尚雜誌。

是關於什麼啊？　　漂亮的衣服。

但你又不穿衣服。　……………

你真失禮，我明明就有！

天啊！
剛才聽到了好可怕的秘密，我該怎麼辦？

你知道嗎……

呼！舒爽多了～
我現在覺得好多了。

天啊！
剛才聽到了好可怕的秘密，我該怎麼辦？

GREAT ARTIST

▲ ▲ ▲

臭小孩，你過來！

你說說是誰把牆壁畫成這樣！？

......

一位很棒的藝術家？

每次我去上瑜珈課⋯⋯

我總覺得⋯⋯

也許⋯⋯

我的老師⋯⋯

是⋯⋯

試著⋯⋯

想要⋯⋯

殺了我⋯⋯

最喜歡這種獨處的閱讀時光了……

可以專心在書上沒有人打擾

真是令我感到又安全又放鬆。

噢！我真是擁有了全世界！

拜託！你已經在裡面一個小時了！
別人要尿尿好嗎？！

好啦好啦！再五分鐘就好……

Mirror Mirror
On the Wall

魔鏡魔鏡啊！誰是這世界上最可愛的兔子？

是 Miffy。

真不敢相信…你一定是瞎了…

DAY 2.....

喂！魔鏡！誰有擁有這世界上最快樂的笑容？

是 Paul Frank。

誰在乎一面蠢鏡子！！！

A great conductor like me is to start in a composed manner.

像我那麼優秀的指揮家，
就是從容地「起」……

Execute smoothly clear prepations and beats,

順暢地「承」……

Listen critically and shape the sound,

奮力地「轉」……

Communicate all elements effectively to an ensemble.Thank you for your highly attention.

轟轟烈烈地「合」。
感謝大家捧場，下台一鞠躬～

我是天生的戰士，立志打敗所有人。

我征服過惡蛇……

我打敗過巨龍……

但有一個敵人總是會一直復活，
尤其在我不小心懦弱的時候。

自己。

INNER PEACE

什麼都不要想，就可以得到心靈的平靜。

不要想、不要想。咦？我怎麼在想！

不要想！可惡一直想！不要想！怎麼辦？！

不要想！不要想！
停止！不可以再想了！安靜！

方才那位施主呢？

他說他想一個人靜一靜。

PRESSURE

不要再逼我了！

你給我太多的壓力了⋯⋯

我要瘋了！我無法承受這一切！

（轟！）

噗！

剛才那是怎麼回事？
噢，我的肚子抗壓力太低崩潰的聲音。

3Z MOVIE

來，你的 3D 眼鏡。

噢不用，
我有帶自己的眼鏡來……

FIN

PIGGY BANK

存了三個月的豬公，

打開後發現
原來存了三千塊錢。

好奇自己存了三十年的
小腦袋，存下了些什麼？
難道已經是億萬富翁？

拔

啊。原來只是個窮光蛋。
什麼都沒有。

雜記之五　關於自己 -
HELLO! WHO ARE YOU?

作品就是自己的展現，什麼也偽裝不了。
長相與關切的議題、在乎的事情，都是會伴隨自己的心情不斷變化。
連自己都會驚訝，
「哇，我當時好憤怒啊！」
「喔，原來我那階段在想著這些事情！」

歷經了打磨的過程，有了圓角滑順點，也更大方清晰了一些，
更懂得怎麼跟世界對話，與群眾相處。

再看清自己一點，多聽自己心與腦的聲音一點。
持續保持只有自己才有的主張，有尖銳也可愛。

用「自己」來做最後一章，
面對自己就是宇宙中最神秘難解但最重要的收尾。

生活紀錄

各式手稿

大多數人對圖像創作者的生活想像，多半是「是不是每天都在畫畫？」
其實不然，這樣一種混合了創作、製造與買賣的生存模式，每日多半在印刷工廠、各式展場、室內室外市集等各種場域來回穿梭，電腦與桌面充滿的是商品完稿圖、空間平面圖，甚至 3D 建模等檔案與畫面。

印刷工廠看樣紀錄

手工紙本小漫畫製作

印刷校色

真正拿起筆在紙張上畫畫，
反而在生活中占比很少，
但也是最珍貴的時刻。

簡單生活節

WOW!

台北簡單生活節

上海簡單生活節

FOUFOU AIR LINES

西門紅樓店

亞洲手創展

台灣文博會

日本授權展

Foufou刊漫畫

FOUFOU COMICS

2014年開始的獨立漫畫計劃，
已發行至Vol.07。

後記

漫畫是從 2014 年開始啟動的計劃。
可能有天突然厭倦了自己的意念只能一張一張被印成商品留存於世上。

「我想要試著創造一個完整的故事系統啊！」開始產生這樣的慾望。

每到篇數集滿後，就用獨立出版的方式，
自己發印、自己裝訂，心滿意足地，印了一冊又一冊，
小小薄薄的限量漫畫，賣完就絕版。
每印一次漫畫，就要再更努力工作把完全不可能回收的支出賺回來。

陪伴著多年的讀者，非常有耐心地一冊一冊地等、一點一點收藏著。
一起努力的團隊也從來不會說出「這種不賺錢的事情不要再做了啦。」
每一個拿在手心的人都是真心喜歡故事的吧。希望。

忙碌其他策展或設計工作而分心地無法很穩定產生故事時，
每天都偷偷祈求老天爺，拜託大家不要放棄我（笑）

記得第一篇漫畫的主題是「人生就像溜溜球」，
一直覺得人生很好玩花招很多，也很難需要控制技巧，

會誤會自己掌握到了什麼，但總是跟溜溜球一樣，
會飛到自己從沒預期過的方向。

感謝在每個階段陪伴著這些故事與我的每一個人，
得以在自身與世界的混亂交錯中，留下了一些什麼。
送給我心中的每個大太陽。
我們都該再更給自己與這個腐爛世界更多點愛。

用可愛的方式，笑說不可愛的事

作者……洪佳祺 (Foufou Gia)

執行編輯……顏妤安

行銷企劃……高芸珮

版面構成……賴姵伶

美術設計……福福好創意

發行人……王榮文

出版發行……遠流出版事業股份有限公司

地址……臺北市南昌路 2 段 81 號 6 樓

客服電話……02-2392-6899

傳真……02-2392-6658

郵撥……0189456-1

著作權顧問……蕭雄淋律師

2019 年 10 月 31 日 初版一刷

定價……新台幣 299 元

（如有缺頁或破損，請寄回更換）

ISBN 978-957-32-8654-7

遠流博識網 http：//www.ylib.com

E-mail：ylib@ylib.com

國家圖書館出版品預行編目 (CIP) 資料

瘋狂邦妮漫畫劇場 Foufou Comics：用可愛的方式，笑說不可愛的事 /
洪佳祺作. -- 初版. -- 臺北市：遠流，2019.10
面；　公分
ISBN 978-957-32-8654-7(平裝)
863.55
108015066